Das Wetter ist herrlich, sagt die Großmutter in Blumental.
Hoffentlich kommt euer Vater das nächste Mal.
Ich hab für die Kinder eine Wanne voll Wasser in den Garten gestellt.
Und wenn die Sonne zu heiß wird, bauen sie sich aus einer Decke ein Zelt.

Die Mutter geht mit Markus und Sabine durch den Park. Es ist sehr heiß.
Die Sonne flimmert. Markus schleckt ein Eis.
Die Blumen leuchten bunt, das Gras wächst saftig grün,
weil Rasensprenger Wassertropfen auf die Blumen und den Rasen sprühn.

Auf allen Bänken sitzen Leute und schauen froh ins Grüne.
Eichkätzchen turnen munter
in den Bäumen und huschen herunter.
Komm, füttern wir sie! ruft Sabine.

Hat der Bach nicht im Frühling mehr Wasser geführt?
Ja. Doch viel Wasser verdunstet, wenn es ein heißer Sommer wird.
Die Sumpfdotterblume ist gelb und hat grüne glänzende Blätter.
Die Wiesenglockenblume stellt ihre Glöckchen hoch bei schönem Wetter.

Die Trollblume soll man nicht pflücken, weil sie so selten ist.
Zartes Vergißmeinnicht heißt so, damit man es nicht vergißt.
Klatschmohn ist rot, die Kornblume blau.
Im Sommer blüht viel. Schau doch, schau!

Am Teich sind jetzt die Wasserrosen aufgeblüht.
Der Wind singt sich im Schilf ein Sommerlied.
Alle Libellen sehen aus, als wären sie aus dünnem grünem oder blauem Glas.
Die Mücken tanzen über dem Teich und dem feuchten Ufergras.

Und Frösche schnappen nach den Mücken und den Fliegen.
Da kommt ein Storch. Ein Storch muß Frösche kriegen.
Am Abend sitzen noch viele Frösche im Teich und quaken. Horch!
Alle Frösche erwischt auch nicht der allerflinkste Storch.

Der Bauer mäht das Gras. Das Gras heißt Heu, wenn es trocken ist.
Auf dem Stein am Waldrand sonnt sich eine Schlange.
Sie ist aus der Wiese geflüchtet,
weil sie vor dem Zischen der Sense im Gras erschrocken ist.

Im Nadelwald ist es dunkel und still.
Die Mutter, die hier gern rasten will,
holt Tee und Brote aus ihrer Tasche.
Der durstige Markus trinkt aus der Flasche.

Die roten Waldameisen wohnen im Ameisenhaufen.
Es gibt sogar eigene Straßen, auf denen die Ameisen laufen.
Du darfst ihre Wohnung im Wald nicht zertreten oder zerschlagen.
Die Ameisen haben den Ameisenhaufen mit Mühe zusammengetragen.

Die Beeren leuchten rot und blau,
doch pflückst du welche, schau genau!
Und iß nur, die du kennst, mein Kind,
weil es Beeren gibt, die giftig sind.

Die roten Waldameisen schleppen
Ameisenpuppen auf Ameisentreppen.
Sie füttern die Larven mit süßem Saft,
der gibt den jungen Ameisen Kraft.
Sie krabbeln emsig durch den Wald
und werden bis zu sechs Jahre alt.

Flieg, Marienkäfer klein,
flieg und bring uns Sonnenschein.

Maikäfer, Langschläfer,
heißt drei Jahre Engerling,
schläfst als dickes weißes Ding
in der Erde tief versteckt,
bis der Mai dich einmal weckt.
Surr und purr – da fliegst du aus,
in die grüne Welt hinaus.

Die Bienen saugen mir ihren Rüsseln
süßen Nektar aus Blütenschüsseln.
Mit Blütenstaub auf Höschen und Rock
fliegen sie heim in den Bienenstock.
Schon seit alten Märchenzeiten
können sie Honig und Wachs bereiten.
Sie füllen den Honig in Bienenwaben,
die sie aus Wachs geknetet haben.

Die Wespen wohnen im Wespennest.
Sie sind ganz dünn um den Bauch.
Sie haben gelbe und schwarze Streifen und stechen können sie auch.
Reife Birnen essen sie gern. Obstkuchen ist für sie ein Fest.

Die Hummeln brummeln,
wenn sie sich tummeln.
Wie die Bienen aus Blumen schlürfen sie.
Aber das dürfen sie.

Der Weg führt am Kartoffelfeld vorüber.
Sabine ruft: Im Frühling hat's geblüht, da war's mir lieber.
Doch plötzlich schreit Sabine au!
Eine zerbrochene Flasche, schau!

Der Busch mit dem Vogelnest blüht. Aber das Nest ist leer, es läßt sich von den Zweigen wiegen.
Die jungen Vögel sind flügge, das heißt, sie können schon fliegen. Sie brauchen das Nest nicht mehr.

Übers Getreidefeld fährt der Bauer.
Der Mähdrescher mäht und drischt. Ein Hamster ein schlauer,
da sitzt er und möchte Körner erhaschen.
Die stopft er dann in seine Backentaschen.

Der Apfelbaum blüht längst nicht mehr. Jetzt hängen, wie man sehen kann, statt rosa Blüten kleine grüne Äpfel dran.
Der Pflaumenbaum trägt grüne Pfläumchen an den Ästen.
Wenn die Pflaumen blau sind, schmecken sie am besten.

Die Birnen in Großmutters Garten sind auch noch hart und grün.
Die Kirschen aber warten, daß du sie pflückst. Lauf hin!
Die Rüben und Tomaten
sind heuer gut geraten.

Salat und Gurken und Bohnen. Wie hoch der Lauch schon steht!
Viele Gemüse wohnen im großen Gemüsebeet.
Die Blumen leuchten und sprießen.
Die müssen wir heute noch gießen.

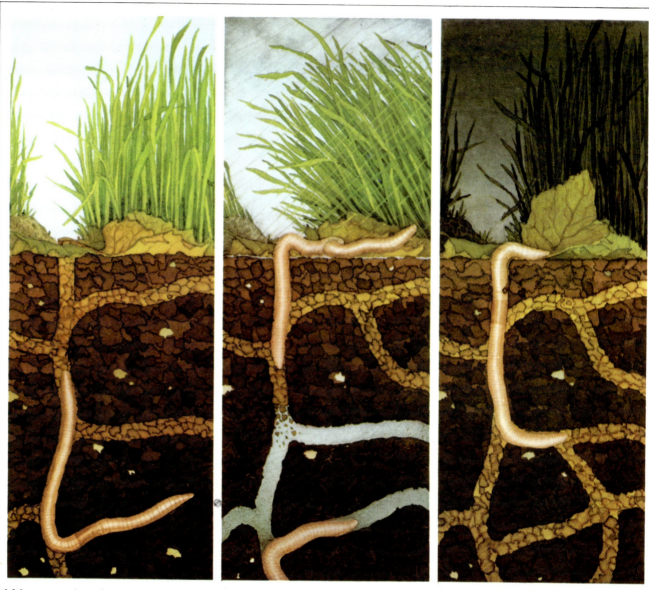

Warum heißt der Regenwurm Regenwurm? Er ist in der Erde zu Haus. Wenn es regnet, kommt er heraus. Darum heißt der Regenwurm Regenwurm. Weil der Regenwurm die Sonne nicht mag, holt er sein Futter bei Nacht, nicht bei Tag.